문학과지성 시인선 183

무덤을
맴도는 이유

조은 시집

문학과지성 시인선 183
무덤을 맴도는 이유

초판발행/ 1996년 7월 30일
2 쇄발행/ 2004년 5월 31일

지은이/ 조 은
펴낸이/ 채호기
펴낸곳/ (주)문학과지성사
등록번호/ 제10–918호(1993. 12. 16)

서울 마포구 서교동 395–2호 (121–840)
편집 : 338)7224~5 FAX 323)4180
영업 : 338)7222~3 FAX 338)7221
홈페이지/ www.moonji.com

ⓒ 조 은, 1996. Printed in Seoul, Korea
ISBN 89–320–0829–9

문학과지성 시인선 183

무덤을 맴도는 이유

조 은

1996

自 序

자신의 한계를 넘어가는
어떤 움직임들이 있다는 것을 믿으며
두번째 시집을 묶는다.

1996년 7월
조   은

무덤을 맴도는 이유

차 례

▨ 自 序

I

오래 머무는 곳에서

내 앞에는 수백 년 묵은 숲이 있어요
나를 앞서간 사람들도 이곳에서 발길을 멈추었을까
요?
숲으로 들기가 무서워 나는 정신을 놓고
숲 가장자리를 서성거려요 이 순간 하늘이
홍해처럼 닫혀지고 낮달이 몸 속에 붉은 氣를
품고 있는 것이 보이는군요 숲으로 들지 않고
나는 한 가지 깨달음에 떨어요 숲의 물은
옹이가 지느라 몸살을 해요 돌들은
출구를 닫느라 딱딱하지요
하찮은 깨달음도 내겐 너무 더디고 언제나
후끈거리는 숲을 겉도는 내가 부끄러워
아무도 만나고 싶지 않아요
나는 지금 온몸을 白旗로 흔들며 서 있어요
내가 내 속으로도 들지 못하고 꾸물거리는 동안
앞서간 사람들은 단물을 마실 거예요 그들이
오래 머무는 곳에서 숲은 융기해야 하겠지요
내 앞엔 수백 년 묵은 숲이 있고요
나는 아직 그 속에 들지도 못했어요
이제 곧 뻑뻑해진 몸을 굽히며
온몸의 물을 눈으로 게우겠지요

새들이 내 몸을 먹고 있다

새들이 내 몸을 먹고 있다

새들이 내게로 날아와 둥지를 틀 때
나는 얼마나 풍요로웠던가
그 둥지에서 잘 닦은 정신처럼 새알 반짝일 때
나는 얼마나 깨끗했던가 맑았던가

바람 불고 폭풍우 칠 때
나는 위태로운 것들이 갖는 애절한
아름다움에 눈을 떴다
그 아슬아슬함에 전율하며

한때 孵化되듯
나는 조용히 열렸다

새들이 내 몸을 먹고 있다
발톱을 박고
사납게 고개를 흔들며

나 이곳에

뿌리로 내리는 눈〔目〕처럼 인골을 차며 가는 사막의 낙타처럼 나 살고 싶어 흔들거리는 바위 같은 덧나는 상처 같은 순간도 살고 싶어 늪처럼 젖어 깊은 상처들이 안개로 일어서는 거라도 보며 버둥대며 탈진하며 나 이곳에 살고 싶어 내 눈 속으로 자맥질하는 저 마른 하늘을 좀 봐 꽃들은 눈이 풀린 채 신음하고 나와 눈이 닿은 것들은 몸이 무거워 육탈하는 삶처럼

나 살고 싶어

해마다 진달래가, 내가

꽃이 피고 있는 산속을 나는 걷고 있었습니다 커다란 바위들은 땅속에다 천년이 한결같은 천기를 묻어두었는지 흙에 코를 박고 일어설 줄 모르고…… 살아 있을 구실을 찾고 싶어 나는 산 어딘가를 지압하며 걷고 있었습니다 삶으로 나를 이끌 좁은 길들은 밝은 꽃들 때문에 보이지 않았습니다 모든 길이 땅 밑으로 물을 내리고 있는 곳에서 삶이 흙처럼 몸을 허무는 곳에서 나는 바위도 넘어갔습니다 잠깐 동안 나의 몸이 천지사방으로 열리기도 했습니다 나는, 먼 곳을 바라보았습니다, 흙빛으로 캄캄해지는 내 몸 구석구석에 손을 대어보았습니다 꽃은 마치 나를 속단하듯 화려한 빛으로 피고 있었습니다

가지가 나무를 중심잡는다

생각들이 몸을 끌고 인왕산을 오른다. 오르면 내려
가는 산길을 걸으며 나는 발 아래 매연에 들어 있는
도시를 본다. 한눈에 드는 세상이 잠시 가볍다. 단조
롭다. 세상에서 제일 무거운 것은 나. 나는 놀란다.
강물이 드문드문 도시를 잠그고 있는 발 아래로 내닫
는 생각들은 나의 중심을 흩트리는데 곳곳에서는 가
지가 나무를 중심잡는다. 나무들은 물 웅덩이처럼 고
여 있는 곳곳의 중심을 향해 가지를 뻗고 강한 뿌리
가 그 가지들을 움켜쥐고 있다. 뿌리가 잡고 있는 나
뭇가지에서는 믿어지지 않게도 꽃이 피고 새들은 그
곳에다 집을 짓는다. 산 아래 도시 쪽으로 내 손이
혈압처럼 떨어진다.

숲

나는 뿌리 때문에 이곳에 있다

먹구름이 숲을 향해 몰려오는 것이 보였다
숲이 그림자를 곤추세우며 모래바람을 일으켰다
잎을 세우며 풀들이 요동쳤다
높고 낮은 곳에서 몸이 닿아 있는 것들이
몸으로 다투는 소리가 들렸다 숲의
흔들리는 가지마다 새들의 발자국이 어지럽고 숲의
험준한 말들이 내게 화두로 날아왔다
神처럼 숲도 반성 없이 사는가
눈을 낮추다 몸을 낮추다
나도 이곳에서 성한 분노로 몸을 세우며

돌멩이 하나가

사람들이 가는 길에서 돌멩이 하나가
온몸이 끓고 있습니다
그 길에서 사람들은 진흙처럼 굳고
그 길을 틀어쥐며 흘러가는 물과
물 밖으로 몸을 빼는 풀들은 그곳에서
돌멩이의 몸을 들어주지 못하고 주저앉습니다
주저앉아도 그곳에 오래 있지 않습니다
밤은 깊고 개기월식이라
어긋나는 것들만 그 길에서 침묵으로
돌출하지요 스스로
불꽃이 팍팍 튀는 돌멩이도
어둠을 치받으며 돌출합니다
빨간 담뱃불을 든 사내들이 구둣발로 돌멩이의
정수리를 누르며 굳어가는 언덕배기에서
비둘기보다 본드 냄새는 가까이서 날고
진종일 아이들은 보이지 않습니다
사람들이 가는 길로 들어
돌멩이 하나 담석 되어 구르고

바다는 뭍에 모래로 온다

바다는 뭍에 모래로 온다

바다가 아닌 것들의 몸을 물고
바다의 모래들이 떨어질 줄 모른다
윤이 나고 해맑은 모래들이
천년의 구릉을 이룬 곳
여기 눈뜨고 있던 고통스런 발자국들이
바다를 앞두고 있는 내게 落石처럼 닿는다
地盤이 약해서 끝끝내 삶을 허물
내 몸이여

이곳에서도 내가 지층으로 내려보내는 것들
머물던 곳을 미련 없이 떠나 바다로 오게 했던
어두운 몸을 들추던 생각들이
모래밭에서 탈진한 몸을
다시 뒤적거린다

바다는 뭍에 모래로 온다
삶의 시작이 마치 모래 속인 것처럼
번번히 돌아와 있는 이곳
이곳의 탈수되는 사람들 같은

나뭇가지 위에 얹힌 돌덩이처럼

길은 권태를 견디지 못해 구부러진다
길을 따라 우리들은 합리적으로 굳어간다
오물을 뒤집어쓰더라도
꿈틀꿈틀 오장육부가 분노로 눈뜨더라도
온몸을 깨우는 진흙탕에라도
뒹굴어보자

나뭇가지 위에 얹힌 돌덩이처럼
나는 깨어 있네

失足처럼

나무들은 그곳이 제일 먼저
어두워지는 줄도 모르고
밤새도록 태양이 뜰 동쪽으로 가지를 튼다
그러다가 뒤틀린 나무의 뿌리가
땅 위로 불끈 솟구친다
물은 순리인 듯 바닥을 기다 사나워진다

이른 아침
겹겹의 허공이 나를 투과한다
새들은 눈앞의 세계를 흔들며 날고
황혼의 꽃들……

이곳에서 눈을 뜬 것들은 저부터 다친다
失足처럼

묘비명

내 몸이 빨리 썩어 흩어지도록
이승의 단맛을 가득 채워 묻어다오.
내가 풀 한 포기나 나무 뿌리에 기대어
미련스럽게 이 세상으로 다시 오지 못하도록
스무 길 땅속에다 깊이 묻어다오.
스무 길의, 흙을, 잘 구운 기와처럼, 내게 얹어다오.

삶이여, 죽음에 닿아보는 이 순간은
너도 내게서 쉬고 있구나!

풀꽃들 눈이 붉어져 있다

한 여자가 어두운 밤길을 비틀거리며
집으로 돌아간다 드문드문 내리는 비에도 세상은
젖느냐 쓰레기 하치장의 연기는 배를 땅에
붙이고 풀들을 깔고 긴다 빗방울을 핥으며 소란스
럽던
풀들 목 힘이 꺾인다 여자가 쓰러진다 남의 삶 같은
풀꽃들 눈이 붉어져 있다 여자가 허우적거린다 가
래를
덕지덕지 바른 거리엔 가로등도 없고 검은 연기
전망처럼 깔린다 한 무리의 아이들이 여자의 길을
베어물며 불쑥 나타난다 아, 예감이여! 비틀거리며
하이힐을 벗어 두 손에 들고 도저히 웃지 못할 한
여자가
몸 속의 비를 갈지字로 엎으며

손가락 사이로 빠지는 물처럼

손가락 사이로 빠지는 물처럼 내 마음이 잡히지가
않아요
온종일 쭈그리고 있다가 방문을 열면 마당의 나무
는 가지가 엉켜요
그 나무에는 누런 잎들이 지지도 않았건만 봄은
또 와서 파란 잎들이 돋아요 새순이 찔러대도 떨어
지지 않는
묵은 잎들이, 그 미련이 측은해 보여서 나는 방문
을 닫아요
얼었다 풀리는 물처럼, 그 물밑의 진흙길처럼,
내 마음은 내가 모르는 곳에서 굽이를 돌고 있어요

나를 보세요
그리고 내가 깊이 침잠했다가
불쑥 솟구치는 것을 지켜봐주세요
내가 낸 길로 두리번거리며 당신도
오고 싶으면 오세요
캄캄한 그 길에서는 몸이 줄어들 때 나는 냄새가
나를
나의 일생을 가볍게 품어줄 거예요
행복할 거예요

물이 굽는 곳에서

그는 물의 흐름을 따라 걷고 있었습니다 하늘은 깊었고 그 하늘에서는 구름이 자맥질하고 있었습니다 그에게 뿌리를 두고 바람은 그가 떠나온 곳으로 찰랑거렸습니다 그는 축축한 눈으로 자주 뒤를 돌아보았습니다 떠나온 세상과 연결되고 있던 생각들이 혼란해서 그는 자신이 애처로웠습니다 그는 혼자였습니다 환상 속에서도 그는 사랑받지 못했고 스스로도 자신을 용서하지 않았습니다 그는 물의 흐름을 따라 걷고 있었고 물이 굽는 곳마다 풀들이 무성했습니다 그곳에서 꽃들은 서로 수술을 비비느라 조용했습니다 그는 순간적으로 몸을 굽혔습니다 두 팔로 제 몸을 껴안았습니다 그렇게 그는 멈춰 선잠에서 깬 어린아이처럼 울고 있었습니다 몸을 잔뜩 굽히고 딱딱해지려는 마그마처럼

비

저렇게 몸이 부서져야
풀 한 포기라도 꽃피울 수 있으리라
저렇게 몸이 나락에 닿아봐야
뿌리 있는 것들의 우매함을
이해할 수 있으리라 또
저렇게 번개 치고 광기로 흘러넘쳐야
먼 곳까지 꽃피우며 흘러갈 수 있으리라

제 몸을 허공에다 한 순간의 무지개로
내거는 것도 아름다우리

섬

물이 나를 가둔다
물이 나를 조인다

새들은 내 몸에다 배설을 하고
바람은 커다란 독처럼 나를 묻는다

………

가자
이 햇빛 좋고 바람 서늘한 날에
나를 기어오르는 물길을 다른 곳으로 꺾으며
홀가분해지며

Ⅱ

그 강가에서

그 강가에서 나무들 몸이 뒤틀린다
그 강가에서 나무들 뒤틀린 몸이 뿌리를 뒤튼다
나무들에게 썩는 몸을 기대고 강의
흐름이 평화롭다

허옇게 배를 뒤집으며, 강이여 너를
죽음 아래 놓으며 물고기들은
모서리를 세우며 돌들은
물이 가는 곳을 가리키며 수초들은
등이 휘며 하늘은

강이여 너를 빨며 상처 없는 것들은 쉽게 꽃을 피
우고
상처 있는 것들은 쉽게 몸을 열지 않고
한번 꽃핀 나무들은 덧난 상처처럼
(아, 숲의 한계여)
함께 꽃필 씨앗들을 그 강가에다 떨어뜨린다

그 여자

그녀를 처음 본 것은 공원에서였다
때에 절은 지구의 같은 가방을 베고 벤치에 누워
그 여자는 잠들어 있었다
옷 밖으로 빠져나온 검은 그녀의 몸에다 집을 지으
려는지
거미 한 마리가 느릿느릿 기어오르고 벌린 그 여자의
입 속에선 흐릿한 말들이 생쌀처럼 씹혔다
다음날 그 여자는 다리 위에 있었다
흘러가는 얕은 물을 내려다보며 행인들에게 눈을
번뜩이며
욕을 퍼부으며 그 여자는
웃었다 멈춰 바라보는 나에게 이년아, 니 갈 길이
나 가라
미친년아 하며 카르릉거렸다 여자의
눈 속에서 도시의 애드벌룬이 한층 부풀었다
다음날 여자는 다리 밑에 있었다
가방에서 꺼낸 냄비에다 하천을 흐르는
물을 퍼 밥을 끓이고 썩은 나뭇가지를 뚝뚝 꺾어
불을 일궜다 밥이 끓는 곳에 귀를 갖다대며 여자는
맑게 웃었다

窪地에서

　그는 앙상했고 그가 머문 곳은 깊이 패었다 뿌리를
얕게 둔 것들이 그에게 밟히며 어둠 속에서 요새인
양 드러나다 스러졌다 눈을 감고도 그는 잘 걸었으나
자주 멈추었고 쿨럭쿨럭 어둠을 뱉어냈다 어둠을 들
춰내다 야윈 달도 구름 속으로 들고 오래 멈춘 곳에
서 그의 몸은 땅속으로 더 깊이 들었다 발 밑에서는
딱딱한 것들과 그것들을 뚫고 올라오는 훈기가 느껴
졌다 그가 있는 곳으로 몰려드는 온갖 뿌리들이 조금
씩 그를 웅덩이 밖으로 들어올리는지 그의 희끗한 머
리가 어둠 속으로 섬돌처럼 떠올랐다 그가 있던 곳에
는 맑은 물이 고였고, 그는 더뎠고, 앙상했고

아이 하나가 자라고 있다

껌을 파는 다섯 살 안팎의 사내아이가
자기 몸뚱이만한 가방을 껌으로 채워 아장아장
승객들에게 껌을 하나씩 돌리고 있다
의아한 사람들은 급소인 눈을 뜨고
백원짜리 동전 두 개를 아이의 턱 위로 내밀고
표정도 없이 아이는 동전을 움켜쥔다
동전이 있는 곳마다 통로가 열린다
길이 먼 나를 태운 지하철 문은 잘 열리지 않고
아이는 대상을 앞에 두고 집요하게 기다린다
이윽고 군인도 옆자리 학생도 주머니를 더듬는다
모자를 뒤집어 십원짜리 동전을 쏟아 세고 있는 일
등병과
동전이 없어 아이와 곁의 사람들이 무서운 나는
어디로 치닫고 있는 이 지하철 안의 공기를
이기지 못해 창밖을 본다 캄캄하고 지루한

서울 가장 낮은 통로에서 헐떡이는 지하철
사람들은 입은 옷이 몸보다 무거운지 땀을 흘리고
아이 하나가 이상처럼 화근처럼
자라나고 있다

모래와 모래

서울 06 가 8370 1.5톤 트럭이
모래를 가득 싣고 미아리고개를 넘어간다
당신들의 운명을 다 알고 있다는 도사들이 많은
고개를 넘어가며 차들은 매연을 뿜어 시야를 가리고
한덩어리가 된 모래들은
가파른 고개에 성수처럼 물을 뿌린다
물을 먹은 고갯길이 등뼈처럼 펴진다
모래들을 오갈 수 있는 길이
얼마나 넓었기에 저토록 많은 물이
모래들이 얼마나 서로 긴밀했기에
저토록 맑은 물이

이 땅에 골조로 서지 못하는 몸이
버스에 매달려 미아리고개를 넘어간다

습지에서

거품을 물고 풀들이 뿌리에서 치솟아오른다
축축한 풀의 꽃이 태양을 향해
吸盤처럼 자란다

안개 속에서 사람들은

안개가 내렸다
울창한 그림자와 눈을 채우며 번창했고
아름다운 것들이 뿌옇게 얼룩졌다
안개 속에서 사람들은 탄두처럼 회전했다

뿔뿔이 몰려다니는 의혹이여 삶이여
터널 속 믿음이여

신음 소리가 들렸다
안개에 깔려 붉어지는 십자가와
크게 덩어리진 안개들의 행렬과
안개와 교류하는 강물과 산들이

무서운 사람들이 안개에 밀려 어디로 내달렸다
별도 없었다
온 도시가 안개 속에 끼여들어

안 개

접근하면 변질한다
흐름이 아름다운 강도 분산한다
강을 넘나드는 그리움과
강을 틈타 떠나가고 돌아오는 뱃길과
되씹어보는 어제의 일들까지

습관적으로 태양을 띄우는 하늘 쪽으로
수십억 톤의 믿음을 변질시키며 강이
올라온다 땅의 혀를 혼란하게 뒤집으며
후미진 곳을 변사체처럼 떠올리며 잠그며

내가 강의 역류에 휘말리는 동안에도
세상은 불을 하나둘 끄고
비밀스럽게 문을 닫는 소리

비밀스럽게 문을 여는 소리
그러나 무엇인가
이곳에서 눈뜨고 있는 나를 부추기며
이스라엘만큼 먼 저곳에서 넘실거리는 저 평화로운
물결은

환상인가 이스라엘만큼 먼 저곳에서 확확 터지는
탐하고 싶은 저 꽃송이들은
새알 곁의 반짝이는 말소리들은

먼 저곳에서 더욱
확연해지는

산

1

물길을 거스르며 우리는 오른다
울창한 나무들은 그늘에다 온갖 풀들을 기르고
나무들이 촘촘하게 잘라먹은 햇빛을 주으며
뼈가 굽은 풀들이 길을 메우고 있다
저어기 봉우리는 따뜻하고 햇빛이 넉넉할까
으스스 으스스 흔들리는 우리들 곁에서
권리인 듯 분노인 듯 웃자라는 풀들이여
비에 뿌리뽑힌 풀들만 산을 자유롭게 내려가고
문득 이 산 밖에서 산이 우리를 띠처럼 거머쥔다
디딜 때마다 갖가지 목숨이 다리에 감긴다
나는 이곳 어디쯤의
물로 너와 함께 서둘러 침잠하고 싶구나
저 풀들의 미묘한 꽃이나 퍼올리고 싶구나
물은 언덕 아래로 흙 속으로 혹은
제 몸 속으로 신성하고 아늑한 통로를 열고
우뚝 솟는 이 산의 하루는 망망하고

2

풀잎 사이사이에서 서걱이는 모래들

무엇이 우리가 있는 산을 깊이 들먹이다 혼자 떠나
가는지
　모래를 잔뜩 문 풀들이 쓰러져 있는 곳에는 튼튼한
둥치만 보이고
　모든 길은 산 아래로 쓸려버렸나
　우리의 등에도 업혀 자라는 바위며 잡초며 의문이며
　그런 내 삶이 섞여 함께 번들거리는 숲의
　새는 지금 날개가 자유로운가
　저 상반신을 하늘에 묻고 있는 나무는 몸이 자유로
운가
　말해다오, 낡은 의문처럼 체류하는 이 산을
　뿌리깊은 나무의 저 높은 가지를
　높은 나뭇가지에서 홀로 자유로울 지금은 젖은 새를
　날 수 없는 것들만 밀집해서 사는, 이, 산아,

　늘 그 자리에 나와 함께 다시 놓이는

3

낮은 곳부터 밤이 온다
저렇게 바라보이는 평지도 이곳에서는 얼마나 먼가

어둠 속으로 잎을 넘기는 풀들 위로 나무들 위로
유유히 떠오르는 별들이 우리를 찌른다
이 낮은 곳에서 우리의 하루는
서쪽 하늘 귀퉁이마저 어둠으로 채운다
이곳에서 듣는 너의 웃음은 어둠과 맞물려 무섭다
우리의 커다란 눈과 귀에 걸리는 아직은
아직은 풍성한 물소리를 따라
한차례 더 흔들리는 산의

4

나를 쓰다듬는 물소리는 차갑다
싱싱한 햇빛을 올리브 기름처럼 바르고
응달을 숨기고 희희낙락하는 산의
어두운 숲이 뒤척인다
길이 끝나는 곳에서 마주치는 내 모습은 아름다운가
기울며 흙에 묻히는 빈 집의 그림자와
내가 느끼는 멀고 가까운 인기척
바람은 우리를 밀며 끌며 산 밖으로 부서지고
잘게 내리는 빛을 받으며 웅성거리는 산은 뿌리가
힘겹다

그러나 이곳에서도 무한정 유보되는 우리는
이 산 어디에 섞여 있어야 할까
날아오른 새의 그림자가 파편처럼 떠다니는

안녕하세요

사직공원 앞 지하도를 건너다 마주친
언젠가 어디선가 본 듯한 할머니
살 날이 얼마 남은 것 같지도 않은
할머니가 무겁게 다리를 끌며 자꾸 해진 옷을
여미며 휘청대며 옆도 돌아보지 않고

할머니 안녕하세요, 나의 인사에 초점이 없는 눈동
자가
내 머리 위를 지나 지하도 출구 쪽으로 허둥거린다
안녕하세요, 안녕하세요, 귓전을 맴도는 한마디가
구부러진 할머니의 급소를 거푸 찌르는지
가까스로 내게 와 닿는 할머니의 눈은
충혈되어 붉다
언젠가 어디선가 본 듯한 할머니

누추한 짐을 지하도 출구 밖으로 들어내주며
빙판 위에서 떨고 있는 할머니의 그림자에서 손을
떼며
할머니, 안녕하세요, 안녕,

달팽이

그는 일층에서 이층으로 올라갈 때 터널을 한바퀴 돈다. 이층에서 삼층으로 올라설 때도 터널을 한바퀴 돈다. 삼층에서 사층으로 가면서도 터널을 한바퀴 돈다. 그곳의 어둠은 익숙하기 때문에 안락하고 편하다. 그의 몸이 올라가는 소리만 어두운 터널에서 촉수처럼 떨고 관뚜껑 같은 문을 닫고 들어가 그의 몸은 이제 높은 곳에 있다. 제일 높은 곳에는 오물이 쌓여 있다.

꽃은 일찍 썩는다

누렇게 변색한 꽃들을 가지마다 달고
나무들이 가지를 뻗고 있다
꽃은 일찍 썩는다
목숨을 움켜쥐고 자지러지는 풀벌레 소리가
열매 맺고 있는 물마저 흔들고 있는
이 하루는 저물지 않고
마른하늘을 뒤적이고 있는 나뭇가지들만
열쇠 꾸러미처럼 흔들리는 벌판에 서면
무엇을 버리기란 저리도 힘든가 무엇을

육체와 정신이 따뜻한 물길처럼 닿으며
편안히 저물 저녁은 먼가
아직도 먼가!

사람들

구멍들, 어디로든 갈 수 있는, 넉넉한.
빛과 향기가 어둠 속 습기에 묻어 드나드는
저곳을 두고 벽 같은 날들이 간다.
어둠이 굳는다.

봄, 그 절정에서

햇볕이 성수처럼 쏟아지는
주말 여행자를 태운 기차가 돌아오고 떠나가는
라일락꽃이 비밀도 없이 피고 지는
기차역 앞에서 할머니는 사탕을 팔고 계신다
어릴 적 눈이 맑던 내가 호주머니에 넣어 소풍 갔던
왕사탕 알사탕 무지개사탕을 쌓아두고 할머니가
반바지에 륙색을 멘 발랄한 봄날들에게
사탕 사세요 사탕 사세요 사탕 좀 사세요
비둘기들이 날개를 접고 뒤뚱거리는 역 광장에서
할머니의 단맛들은 무의식적으로 굳어 있다
햄버거와 핫도그를 든 아이들은 할머니를 기웃기웃
스쳐가고 기대오는 하늘에서 몸을 빼며 할머니 바
닥에
주저앉는다 할머니가 깔고 있는 그림자는 떨고 있다

사 막

그는 사막을 이야기했다 사막에도 생명이 자랍니다
마른 모래를 의지하면서 생명들이 자랍니다 모래들은
어떤 생명을 위해서는 숨겨두었던 수분을 내놓지요
그의 두 손이 가슴으로 모였다 사막에도 꽃이 핍니다
아름답지요 그의 두 손이 영혼의 비밀처럼 활짝 펴졌
다 비가 오면 모래들은 한덩어리가 됩니다 모서리를
지우며 등을 포개며 가슴을 밀착시키며 말입니다 한
덩어리가 된 모래의 실체를 보고 싶으면, 보고 싶으
면, 그의 온몸이 눈으로 모여 가까운 곳을 보았다 여
기에 와야 할 비 같은 존재가 있다면 그것은 무엇입
니까, 그것은,

세상이 골목 안으로 뿌옇게 달려오고 있다

오류처럼 벤치가 놓여 있고

빛에 미끄러지다가
어둠 속으로 황급히 잠적하는 우리들
걸음마다 절벽이 어른거린다
이 도시 구석구석 오류처럼 벤치가 놓여 있고
바람 한 점 일으키지 못하는 눈들이 고여 있다
보라
우리의 절규가 회전시키는 더딘 지구를 밀어붙이며
순식간에 어두워지는 달의 행적
닿지 않는 어둠 속으로 나는 마모된다

그 얕은 세상을 들여다보며

얼음 속에 갇힌 풀들이
다른 세상을 두리번거린다
바람을 몰고 오는 구름 한 점 없다
빙판을 돌아가던 취한 노인의
서글픈 가락이 소멸한다
꽝꽝 언 물 속에 不信처럼
끼여 있는 피라미들
그 언 지느러미에도 얼음을 꿰뚫고
햇빛이 영근다 치켜드는 풀들의 머리는
성성하다 바닥까지 언 물밑
그 얕은 세상을 들여다보며
아직도 씨앗들을 쥐고 있는 풀들
한결같이 손을 펴지 않으리

사람의 표정이 하찮게 지워진다

아이들이 그림을 그린다 집을 먼저 그린다
창을 내고 난로를 놓고 멀리 아파트도 보인다
보고 있던 아이가 얼른 지붕을 덮는다
식탁에는 오직 한 사람 그 사람의 표정이 하찮게
지워진다 창이 너무 높지 않을까

뜰엔 새로 샀을 자가용도 보인다
길에는 수상한 사람 서넛
(거기 발 닿은 새들의 요란한 날갯짓!)
젖은 모래들이 설화처럼 그곳에 나타난다

둑길에는 너덜너덜한 운동화 밑창을 벌리며
한 아이가 수렁처럼 흘러간다

없는 그것들이 더 가까운 곳에서 눈부시다
곳곳에서
바람이 거세도 몸 바꾸지 못하는 낮은 곳의

나무는 뿌리 끝까지 잡아당긴다

비는 내리고
나무들이 낮아지는 하늘을 흔들고 있다
높은 새집이 위태롭다
빗속에서 이 하루의 남은 빛을
나무는 뿌리 끝까지 잡아당긴다
어둡다
오늘도 病 같은 우리를 덮치는 밤은
어디에서 오는지
온갖 소리들이 젖어 몸에 감기고
기둥 같은 내 슬픔도 완강하게 불어난다
어둠은 늘 내 몸에서 시작된다
내가 있는 곳은 유독 어둡고
바람은 밝은 물방울들을 훑어서 간다
어제의 그 슬픈 별도 숨은 이곳을 등지고
얼마나 멀리 나는 갈 수 있을지
빗물은 낮은 땅을 지우고
물 속까지 어둠이 자꾸 모여드는데

돌이 자꾸 걸린다

어둠과 부딪치며 푸덕이는 나뭇잎 사이에서
물방울과 하늘이 꺼멓게 깨진다
나무들 아래 전을 펼쳐놓고 어둠이 내리는 이곳에
오래 머물지 않기를 바라며 웃고 있는 어머니
당신의 이면이 보인다 불쑥불쑥 잡풀이 솟는 당신의
발 밑을 기고 있는 별이 보인다
황급히 다가오는 호루라기 소리
행인이 뜸한 난전 바닥의 당신마저 무너뜨리는
온갖 뿌리들 때문에 우리는 꿈꾸고
썩고 기름지고 서럽고 황폐하고 어둠과 마찰하는
당신은 반짝인다
떨이라고 외치는 당신을 에워싸는 어둠 속에는
버려지는 손들과 높고 낮은 기도 소리
종일 입 속으로 드나드는 모래가 눈을 뜨고 있는
당신의 빽빽한 별자리
당신이 가는 길은 언제나 끝이 보인다
그 길에서 나무들은 몸부림치며 위태로운 뿌리를
더 깊이 내리고
당신의 텃밭도 이 어둠 속에 뿌리가 깊어지리니
흐물거리는 그림자를 추슬러 멀어지는 당신의 발길

마다
　당신의 이면 같은 돌이 자꾸 걸린다
　안타깝고 부질없고

태릉 배밭 갈비

배나무 아래 전을 펴고 갈비를 굽는다
배꽃 사이사이 쉴 곳이 있는 배밭에서
배꽃 그림자로 문양을 놓은 4월의 감미로운 대지
에서
우리가 굽는 연기는 우리를
떨어져 있는 당신과 나 사이를
지나온 우리의 흔적을
자욱하게 덮어주며

푸른 창공 아래
폐문처럼 삐걱거리는 꽃송이들과
우리가 차단되며
천천히 가려지고 있는 우리의 내부에서 어느 날
말벌떼 같은 연기가

미묘하게 눈을 뜬 배꽃이 떨어진다

Ⅲ

아득한 곳으로

저만치 마을이 모습을 드러낸다. 바위도 떠미는 물
소리가 지층을 들먹이며 아득한 곳으로 풀의 허리를
잡아끈다. 풀의 허리가 휘는 쪽으로 마을의 문들이
열리고 흙은 달아오른다. 풀들이 먼 곳으로 씨앗을
날리고 있는 아득한 숲 사이로 어김없이 숨은 능선
들⋯⋯

강변에서 1

풀들이 시간의 강을 건너간다
물을 파랗게 반역한다
언덕으로 벼랑으로 지친 뿌리를 당긴다
쉬고 싶은 사람들은 집으로 돌아가고

그대와 나는
뒤뚱거리는 지구 위에서 흔들리는 강변에 남아 있다
강은 오로지 하류에 애착하고
저어기 숲을 비집고 가는 사람들의 어깨 위
숲의 세력이 기우뚱거리고

풀잎이 하늘을 자꾸 미끄러뜨린다
무실수들이 버리는 그림자가
허전하게 쌓이는 강변에서 우리는
무엇에 이 오후를 애착하는지
풀들은 어디로 몸을 몰아가는지

저, 풀에 끌리는 하늘빛

그림자를 길게 뒤로 넘기고

아직도 저렇게
풀들이

강변에서 2

강가에서는
내 몸 속 물도 흐르고 싶어 빙글빙글 돈다
나를 가둔 물이 내 껍질과 부딪치느라
온몸이 아프다
축축한 땅에다 엉덩이를 놓았다 들었다 하는
나도 이곳을 떠나며 저 반짝이는 고뇌처럼
몸 한구석이라도 환하게 풀리고 싶다

물 곁에서는 고여 있는 내가
물 속으로 불안한 그림자를 빠뜨리며
톱날처럼 돈다

아름다운 구름이

마을을 닦으며 구름이 배회한다. 부드럽게 풀리며 눈이 깊은 땅은 곳곳에서 뿌리를 튼다. 젖은 몸을 가다듬는 초목들 곁으로 구름은 내려서고 개울에서 아이들은 그물을 던지며 날개를 편다. 번쩍 들리는 물 속 세상은 잠시 창창하고 현란하고 마을은 빗줄기를 눕히며 청동빛으로 반짝인다. 아이들 웃음이 울려간다. 개울물을 불쑥불쑥 뛰쳐오르는 징검다리가 아이들의 미래처럼 물 속에 갇히고

길이 우리를

이어진길을뭉개며밤이오고멀리가고있는우리들하늘
에는별이아름답다그러나지금우리앞에닫힌길이우리를
막아선다이길어디선가들리는낮은물소리가자주우리를
멈추게한다밤은우리의그림자를덮치고불길한눈을덮치
고길을더듬는우리의걸음은더디고폭이좁아바다에닿기
에는아너무도멀다

　　그러나우리는비틀비틀가고있구나
　　묵직하게일어서는
　　바람만어둠속을
　　곧게달리고

어떤 죽음 뒤

　　그녀의 기도는 길었다 신이여, 제발, 그를 죽은 모
습으로 내가 기억하게 하소서 그의 유품들이 불살라
졌다 사진 속 그의 웃고 있는 얼굴이, 벌어진 입 속
이, 그곳을 통과하던 온갖 의지들이 불살라졌다 더디
고 무료한 날들이 그녀의 깍지낀 손에서 또아리를 틀
었다 그런 그녀의 어깨를 짚고 그가 와 웃었다 그녀
가 올려다보면 어느새 그는 죽기 전처럼 멍하니 먼
곳을 바라보았다 그를 보는 그녀의 표정이 그와 닮아
갔다 천천히 그녀가 그에게 몸을 기댔다 의자와 함께
옆으로 나뒹군 그녀가 오래도록 일어날 줄 몰랐다 위
층과 아래층을 오르내리는 발자국 소리가 그녀가 있
는 방안을 흔들 때 그가 두 팔로 머리를 싸맸다 순간
그의 무덤이 보였다, 깊은 산속 火田 같은

산을 오르며

바람도 비탈에선 비틀거린다
산발한 나무들 잎은 떨어진다
그는 비탈을 오르지 못하고
산기슭에 눕고
하늘은 실수처럼 나뭇가지에만 걸린다
종일 그 가지 끝으로 산이 쏠린다
아, 세계를 보는 눈이여
산중턱이여

이 산속에서
산을 굽이마다 끌고 오르며
흔들리는 나무와
아래 나 아래 풀 아래 개미와
인간의 뼈도 감고 내려
제 그림자를 채우는 풀들의
가파른 숨소리가 태양을 밀고 간다
높은 곳은 길이 없구나
이곳에는 길을 아는 자 없고
바람이 밟힌다 한 순간
한 순간 더딘 발자국 사이로

그림자를 쉬게 하며
산이 물소리로 순해진다

이 모든 것을 무너뜨리며 치솟는 한치 앞의
언덕이여
하늘이여

눈이 오는 곳에서

움직이는 것들만 제 모습을 잃지 않는다
눈을 털며 영원히 오지 않을 것 같은
버스를, 하루의 휴식을, 기다리고 서서
나는 본다 앙가슴을 쓸고 있는 가로수들
지루하게 늘어지고 있는 지상의 길과
발자국을 하늘로 끌어올리는 새들
회초리처럼 눈을 맞고 있는 사람들
태산의 형상들

아무래도 눈은 그치지 않을 것 같다
체인을 감은 차들이 구세기처럼 내 앞을 지나간다
부드러운 것들 눈에 묻히며 곤두서는데
바람은 눈에 숨으며 허방을 만드는데

근원도 두께도 알 수 없는
어두운 石室에 갇힌 듯 암담한 나의
희망과 미래와 두려움은 모두
튼튼한 밧줄로 꼬여 오늘의 내게로 늘어져라
눈을 이고 몸이 자꾸 무거워지는 내게로
여기 아닌 향기로운 곳에서!

만원이어도 좋을 버스는 오지 않고
신열이 오르는 내가 걸음을
멈추면 눈이 차오른다 탱탱하게
부어오르는 내 언 몸 위로 세상이 눈을 털며
다시 일어난다

담 하나를 사이에 두고 호외가 뿌려지고

　그는 커다란 나무에 등을 대고 물이 위로 올라가는 소리를 들었습니다 물이 위로 오르다 쉬고 싶으면 잎을 틔우고 오래 머뭇거리는 동안 딱딱하게 굳는 기척도 느꼈습니다 딱딱한 것들이 중심을 잡고 있는 세상에서 물은 자유로웠습니다 너풀거리는 꽃잎들이 나비를 날게 했습니다 물은 절망스러울 때마다 가지를 하나씩 뻗었습니다 가지들이 이따금 물 부러지는 소리를 내며 추락했습니다 꽃들이 헛발을 디디면 그 자리를 인내하며 씨앗이 여물기도 했습니다 단내를 맡은 개미들이 물의 흐름을 따라 나무 위로 기어올랐습니다 담 하나를 사이에 두고 호외가 뿌려지고

잔잔한 흐름 밖으로

바위를 넘어가며 환호성 치는 물소리에 섞여
아침 햇빛이 나사못처럼 튄다
낮은 하늘은 그 빛을 맞아
여러 곳이 터진다

자신을 벗어나지 못하는 것들은 둥치가
장대해지거나 실팍한 가지가 늘어나고
물 먹은 바위처럼 무겁다
태양은 편안히 한 길을 간다

물소리가 거칠다
그 물줄기를 따라 몸을 굴리며
보이지 않는 곳에다 비밀을 묻는
수없이 많은 물방울들

비 오는 날의 日記

　비…… 하늘에서 연필이 참 많이 떨어졌다 딱 한
자루만 주워서 혈관 속으로 꽂아넣었다 추억의 과녁
에 거꾸로 꽂혔다

　창밖으로 우산에 매달린 사람들이 버섯같이 떠다녔
다 비를 맞는 나무들은 푸들푸들 떨었다 저녁 무렵
튼튼한 덧니를 빛내며 가족들이 돌아왔다 그들의 반
짝이는 팔찌가 내 목덜미에 거머리처럼 들러붙었다
내리깔린 내 눈에서 흘러내리는 새소리, 가족들은 마
주보며 재채기를 했다 하루종일 열어놓은 두 귀가 지
독하게 팽창하는 오늘은 한 자루의 연필도 지옥처럼
길었다

숯 속에

어린 시절 산불이 잦았다.
산을 단숨에 넘으며 불은 우리를 덮고
아버지의 집과 하늘을 녹였다. 때로
나의 잠까지 불태웠다.
수없이 바뀐 희망 탓인지
절망 뒤 온 절망 탓인지
햇빛 쪽으로 굽은 아버지 어깨 위로 붉은
산등성이 슬쩍 비치기도 했다.
　해마다 어머니와 지천의 진달래는 충혈된 눈을 떴
다. 온갖 꿈들이 썩어 고이던 집으로 돌아가는 길에
서 날마다 붉은 개미를 잡아 죽이며 잠에서 하루하루
명료하게 깨며 나는 차고 쓸쓸한 힘에 엮였고 안개가
세상 위에서 출렁거렸다.
　나는 하느님이 무섭지 않았다.
　이끼 성한 화단과 신발들
슬프지 않았다. 아무것도 기쁘지 않았고
어디와도 닿을 그 뿌연 길들을 神託처럼 거부했다.
많은 날들이 마당에 떨어지는 운석 같았고
집 구석구석 내일은 눅은 숯 속에 시들어 있었다.
오늘도. 또 오늘도.

봄, 들녘에서

길이 낮아진다.
들판은 길을 유언처럼 남기며 어느새 멀리 있고
내 남은 날의 지도 같은 그림자를
늘어뜨리며 가는 들판 저 끝에서 힘껏
허리를 잡아끄는 물냄새.
바다가 발 아래로 낮아지는
찬란한 한 순간의 정지를 위해
우리는 그림자를 펄럭이며
여기는 어디인가.
여기는 어디인가.
산은 길을 겹겹이 가로막고
꽃을 피워 능선을 지우고
둘러봐도 산.

나무들이 내디딘 땅을 뿌리째 헤집고 있다.

온갖 기억들을 다 놓고서

　그곳에 가고 싶다. 평생을 축축한 어버이의 눈이 형벌되지 않는 곳, 한바탕 울부짖고 나면 반드시 평화가 온몸을 쉬게 하는 곳, 빗물이 따뜻한 곳, 감꽃이 피는 곳, 물고기들이 재미있어 물 위로 뛰쳐나오는 개울가에서는 노인들이 모여 담소하고 그곳에서 여윈 내 어버이도 행복해 입꼬리를 떠는…… 그들은 이따금 물을 따라 내려오는 생명들을 웃으며 건져올리고, 삶이 편한 곳, 가고 싶다. 사람들이 넉넉한 곳, 생명이 애처롭지 않은 곳, 습한 내 방안까지 그곳의 햇빛 들고 부드러운 바람 분다. 사랑도 놓고, 연민도 놓고, 칼날처럼 닿는 온갖 기억들도 다 놓고서, 그곳에 가고 싶다.

귀　가

다시 집으로 가는 불편한 나의 방황이
초침에 물려 분주하구나
내가 가는 길을 어지럽히며 그림자가
떨어질 듯 다시 이어지고

상을 다 치우고
그릇 부딪는 소리가 오래 전에 멎은
어두운 부엌에 보릿물 반 컵
집 안의
습기를 흡수하며 이내 말라가는
그곳까지 허기진 뱃속이
쓰리고 슬프구나

족쇄처럼 몸이 비틀리게 하는 내 하늘아
아직은 아름답구나
나를 땅속으로 이끌며
뒹구는 낙엽들도
나를 밀치고 가는 바쁜 사람들의
두 다리도 아름답구나
비뚤게 굽이 닳은 신발도, 거친 말도

밥처럼 반복되며 기어이
슬퍼지는 불편한 집, 불편한 평화가
오늘도 너무 가깝구나

참외를 깎으며

참외를 깎으면 나의 또 하루도
사각사각 깎여나간다.
잡풀의 생식 같은 내 오만이 깎이고 절망이 깎이고
몇 꺼풀 벗겨진 바로 그 자리에
첨벙첨벙첨벙첨벙…… 징검다리가 놓인다.
참외가 깎인다.
매미의 목청이 소나비처럼 쏟아지는 저편 개울을
우울하게 건너가는 내가 보인다.
움직일 때마다 가랑이 사이로
등뒤 풍경이 빈틈없이 잘린다.
소나무 빽빽한 숲
내 그림자는 더욱 잘게 부서지고
어린 소나무 끝뿌리에 힘겹게 가 닿는다.
나비가 날고
참외가 깎이고 내가 깎이고
반딧불 하나만큼 민들레꽃만큼 가벼워진
산머루가 떨어진다.

구름이 바뀌고 헬리콥터가 날고

길은 혼자 아편처럼 간다
이곳의 우리를 썩게 하며 혼자
종일 우리가 몸을 세우며 밀어올리는
하늘에는 구름이 바뀌고 헬리콥터가 날고
아아아, 지친 우리를 무섭게 가두는 천 근의
눈두덩을 뚫고 들어오는 바위
닫히는 소리로 멀어지는 사람들
물이 후드득 떨어지고 있는 팔을
흔들고 있는 저편
지겹도록 生이 그리운 우리를 위해
뻗은 수수께끼 같은 길이여
물과 만나 물 속으로 드러눕는 그곳까지
물 속에서 땅 위로 다시
올라서는 그곳까지
머언 이곳에 우리를 버려두고

길

　걷다보면 길은 변명처럼 늘어나고 있다 드문드문
오물을 물고 썩고 있는 강을 건너는 우리들 위에서
태양은 홀로 풍요롭다 오늘도 이 도시의 껍질만 밝히
며 지친 우리의 어깨를 딛고 산 하나를 펄쩍 뛰어내
리는 노을을 보라 물이 썩는 냄새가 하류까지 뻗친
이 길 위에서 어디로 안달하는 내가 멈추면 습관을
버리듯 가던 길도 멈춰선다 마른풀의 씨앗이 떨어진
다 아직도 드넓은 바다로 경사진 이 도시와 저문 하
루를 흔들고 있는 풀들의 날카로운 머리맡을 넘어

겨울이 오는 곳에서

가을이 깊어가는 들판에서 집채만한 새들이 V자를 그리며 날고 있었다 벌판에 떨어지기를 주저하는 깃털엔 향내가 났다 머리가 말라 버석거리는 풀들이 한곳에 모여 음습한 빛깔을 내뿜었다 높은 하늘에 그 풀들의 서식지가 자꾸 겹쳐졌다 그때 여자의 머리를 스친 것은 새의 두 발이었을까 흠칫 고개를 들지 못하는 여자의 눈앞엔 커다란 새들의 그림자만 남았다 그것을 보며 여자는 손만 뻗치면 새들을 따라 어디든지 갈 수 있다는 것을 알았다 개들이 뒷다리 사이에 꼬리를 집어넣고 실룩거렸다 그 후로도 오랫동안 새들이 그 들판을 맴돌았다 여자는 뒤를 돌아보았다 빌딩이 솟구친, 집이 있는 그곳에서는 암흑으로 똘똘 뭉친 작은 새떼가 치솟아올랐다

무덤을 맴도는 이유

알 수가 없다
내가 자꾸 무덤 곁에 오게 되는 이유
무덤 가까이에 몸을 둬야
겹겹의 모래 구릉 같은 하늘을 이고
나를 살게 하는 것들이
무덤처럼 형체를 갖는 이유

그러나, 알고 있다, 오늘도 나는
내 봉분 하나 넘어가지 못한다
새들은 곳곳에서 찢긴 하늘처럼 펄럭이고
그들만이 유일한 출구인 듯 눈이 부시다

알 수가 없다
무덤만 있는 이곳에 멈춰 있는 이유
막막함을 구부려 몸 속으로 되밀어넣으며
싱싱했던 것들이 썩는 열기를
느끼고 있는 이유

사람들이 몇 줄 글로 남겨놓은
비문을 찾아 읽거나

몸을 잿더미처럼 뒤지며
한 생명이 무덤 곁에 있다

새들과 부메랑

정 과 리

> 온갖 뿌리들 때문에 우리는 꿈꾸고
> ──「돌이 자꾸 걸린다」

　무덤은 단 세 번 나온다. 제목에서 한 번, 마지막 시에서 한 번. 그리고 「어떤 죽음 뒤」에 화자가 보게 된 "그의 무덤"(63). 그리고 어디에도 무덤은 없다. 중간에 독자가 지나칠 '그의 무덤'은 어떤 죽음 뒤에 당연히 보게 되는 무덤이어서, 독자는 어떤 비유도 암시도 얻지 못하는 채로 희미하게 스쳐갈 뿐이다. 따라서, 무덤은, 혹은 시적 무덤은 실상 처음과 끝에 단 두 번 나올 뿐이다. 제목에 의해서 무덤의 시학으로 유인된 독자는 내내 의혹에 잠겨 있다가 책 끝에 가서야, 안도의 숨을 내쉰다. 그러나 회심의 미소를 짓기에는 아직 이르다. 마지막 시에서 화자는 무덤을 만난 경험을 들려주는 것이 아니다. 화자는 자신이 "무덤을 맴도는 이유"를 "알 수가 없다"(80)고 고백하고 있다. 그는 시쓰기의 시간 속에서 무덤을 맴돌기만 했던 것일까? 그렇다면 시읽기의 시간 동안 독자가 무너앉은 무덤 하나 발견하지 못하고 헤매기만 한 노정은 무엇이란 말인가? 무덤을 찾아 헤맨 그 과정이 실은 무덤을 맴돈 과정인가? 독자는 압도적인 의문부호를 등에 걸고 마지막으로부터 시집의 첫 지점으로 돌아간다.

시쓰기와 시읽기는 일치하지 않는다. 시쓰기의 주체는 내내 무덤을 맴돌았다고 말한다. 하지만, 그가 남긴 표지들 중에서 시읽기의 주체는 '무덤'을 두 번 발견했을 뿐이다. 처음에 예고되었고 끝에서 회고되었을 뿐, 무덤의 실체를 찾을 수 없었기 때문에, 시읽기의 주체는 다시 끝으로부터 처음으로 되돌아간다. '무덤'은 마치 도돌이표와 같다. 그것은 되풀이해서 시집의 처음부터 마지막 사이를 맴돌게 한다.

그러니, 시읽기의 주체도 맴돈다, 시집 둘레를. 저 무덤의 도돌이표 때문에 시읽기의 주체는 되풀이해서 시집의 처음과 끝을 순환한다. 그렇다면, 쓰기와 읽기의 두 주체는 특이한 방식으로 일치한다. 시쓰기의 주체에게 주제가 되었던 것이 시읽기의 주체에게는 표지가 된다. 이 일치는 따라서 이별도 아니지만, 교감도 아니다. 그것은 미지의 핵자를 중층적으로 싸고 있는 겹들처럼 포개져 있다.

일치는 어쨌든 일종의 유혹이다. 우리는 모두가 하나가 되고 싶어한다. 시읽기의 주체는 읽기의 경험이 쓰기의 경험과 동일하다는 해석을 하고 싶어진다. 결국, 이 시집이 곧 무덤이라는 얘기가 아닐까? 과연, 그는 시집을 되풀이해 읽으면서 자신의 느낌을 실제로 만들어줄 단서들을 발견한다. 우선, 시집 가운데에 '무덤'은 없으나 무덤의 부속물은 있다. 시「묘비명」(21)이 그것이다. 시가 '묘비명'이라는 것은 이 시집 자체가 무덤이라는 것을 가리키는 것은 아닐까? 시집은, 혹은 시집의 시들은 미래의 죽음에 대한 묘비명이라는 것이 아닐까?

물론, 한 편의 시를 시집 전체에 확대시킬 수는 없다. 그러나, 또 다른 표지가 있다. 바로 마지막 시, 즉 "내가 자꾸 무덤 곁에 오는 이유"를 "알 수가 없다"가 없다고 고백했던 그 시를 다시 읽어보자.

> 알 수가 없다
> 내가 자꾸 무덤 곁에 오게 되는 이유
> 무덤 가까이에 몸을 뒤야
> 겹겹의 모래 구릉 같은 하늘을 이고
> 나를 살게 하는 것들이
> 무덤처럼 형체를 갖는 이유 (80)

이유가 두 번 나오는데 통사론적으로 그 둘은 동격이지만, 의미론적으로는 아주 다르다. 시에서 되풀이는 항상 변화를 수반하는 법이다. 무엇이 변화했는가. 앞의 주체는 '나'인데, 뒤의 주체는 '나를 살게 하는 것들'이다. 게다가 뒤의 이유에 붙는 문장은 문법적으로 아주 모호하다. 몇 개의 의미론적 단락으로 분절을 해보자.

① 나는 나를 살게 하는 것들이 무덤처럼 형체를 갖는 이유를 알 수가 없다.

② (내) 몸을 무덤 가까이에 둬야만 그것들이 나를 살게 한다.

③ (나는/그것들은) 겹겹의 모래 구릉 같은 하늘을 이고 있다.

독자는 한편 놀라고 한편 의혹에 잠긴다. 독자의 놀람은 화자가 알 수가 없다고 했던 무덤을 맴도는 까닭이 나타나 있고 그 내용이 뜻밖이란 데서 야기된다. "내가 자꾸 무덤 곁에 오게 되는 이유"는 "무덤 가까이에 몸을 둬야 ── 무덤처럼 형체를 갖는 것들이 ── 나를 살게 하"기 때문이다.* 결국 무덤을 맴도는 이유는 삶을 위해서다. 그리고 이것은 마지막 연에서 다시 한번 확인된다. "사람들이 몇 줄 글로 남겨놓은/비문을 찾아 읽거나/몸을 잿더미처럼 뒤지며/한 생명이 무덤 곁에 있다." 무덤 곁에 있는 것은 생명이다. 그가 다른 곳에 있을 때도 생명일까? "비문을 찾아 읽거나/몸을 잿더미처럼 뒤지며"

---

* 단락 ③의 주체를 '나'로 읽어서 "나로 하여금 모래 구릉 같은 하늘을 이고 살도록 한다"고 읽을 가능성도 있기는 하다. 그렇게 읽을 때 '살다'는 적극적인 의미를 띠지 않고, 오히려 "모래 구릉 같은 하늘을 이고 허망히 산다"는 부정적 분위기를 풍긴다. 그러나, "무덤 가까이에 몸을 둬야"의 '둬야' 때문에 그런 독해는 불가능하다. 둬야는 성취·전망을 포함하고 있는 조건 구문이다. 가령, '이 약을 먹어야 살 수 있다'고 말할 수는 있지만, '이 약을 먹어야 당신은 죽는다'는 자살할 결심을 한 사람에게말고는 말할 수 없다.

때문에 그렇게 해석할 수가 없다. 무덤 곁 아닌 다른 곳에서는 그는 다만 잿더미에 불과한 것이 아닐까? 그래서 '나'는 무덤 곁에 와서 비문을 찾아 읽거나 잿더미 같은 몸을 뒤지며 나의 생명을 확인하려는 게 아닐까? 그렇다면, 바로 이 내용이 뜻밖인 것이다. 죽음이 삶을 가능케 하다니?

이 놀람을 간직한 채로, 독자는 또 하나의 의문에 부닥친다. 단락 ③의 주어가 확인되지 않은 것이다. 겹겹의 모래 구릉 같은 하늘을 인 것은 나인가, 나를 살게 하는 것들인가? '나'로 읽는다면, 나는 무덤 곁에 있을 뿐만 아니라, 머리에도 무덤을 이고 있다. 모래 구릉은 무덤의 형상을 하고 있는 것이고, 그 또한 나를 살게 하는 것들 중의 하나일 것이다. '나를 살게 하는 것들'이라면 나를 살게 하는 것들은 그 자신의 무덤처럼 형체를 가지고 있으면서 동시에 무덤처럼 형체를 갖고 있는 것을 머리에 이고 있다. 혹시, 둘 다 주어가 될 수는 없을까? '나'와 '나를 살게 하는 것들'이 모두 모래 구릉 같은 하늘을 이고 있는 것은 아닐까?

세 가지 해석은 모두 가능하다. 동시에 이 세 가지 해석은 모두 똑같은 표지에 의해 지원을 받고 있다. 바로 "겹겹의 모래 구릉"에서의 '겹겹의'가 그것이다. 아주 자연적인 연상에 따라 겹겹의 모래 구릉을 구름떼의 비유로 읽을 수 있다. 겹겹의 구름이란 무엇인가? 구름들이 층층으로 포개져 있다는 것을 그대로 지시한다. 헌데 위 세 가지 해석은 모두 겹겹의 모양을 이룬다. 단락의 주어를 '나'로 읽을 때 나의 수평적 둘레와 수직적

상부는 모두 무덤이다. 무덤은 겹으로 나를 포위하고 있다. 그 주어를 '나를 살게 하는 것들'로 읽을 때도, 나를 살게 하는 것들이 "무덤처럼 형체를 갖"고 있음을 감안하면, 무덤 위에 무덤이 포개져 있다. 다시, 그 주어를 둘 모두로 읽을 때면, '나'와 '나를 살게 하는 것들'은 겹을 이루고 포개져 있다. 어느 쪽으로 읽든 그 형태는 모두 겹을 이루는 포개짐이다. 그리고 이것은 시쓰기 주체와 시읽기 주체가 교차하는 형국과 그대로 상응한다. 이미 보았듯, 그 두 주체도 미지의 핵자를 둘러싸고 중층적으로 포개져 있지 않은가?

그리고 또한 그렇다면, '나' 또한 무덤과 같은 형상을 이루고 있지 않겠는가? 왜냐하면, 내가 '나를 살게 하는 것들'의 안감을 이루고 있다면, '나'의 형상 또한 그와 같을 것이기 때문이다. 나 또한 "무덤처럼 형체를" 가질 터이니 말이다. 과연, 다음 연에서 '나'는 "그러나, 알고 있다, 오늘도 나는 내 봉분 하나 넘어가지 못한다"고 말하고 있다. 나 또한 이미 무덤 속에 있다. 아니, 이미 무덤이다. 나의 봉분이 있는 자는 무덤 밖에 몸을 두지 못한다. 그는 이미 하나의 "잿더미"에 지나지 않는 것이다.

그렇다면, '나'는 생이자 동시에 죽음이다. 내가 무덤 곁에 오는 이유는 나를 살게 하는 것들이 있기 때문이다. 그런 뜻에서 나는 생의 의지 자체이다. 그러나, 또한 나는 무덤과 똑같은 형상이다. 나는 그 형상을 결코 벗어날 수가 없다. 나는 "내 봉분 하나 넘어가지 못한다." '나'는 "유일한 출구인 듯 눈이 부"신 "곳곳에서 찢긴 하늘처럼 펄럭이"는 새들이 되지 못한다. 그 점에서 나는 죽음이다. 이 희한한 생! 죽음으로서의 생! 이것은 도대체 무엇인가? 그 생이 죽지 못해 사는 생도 아니며, 죽은 듯 산 듯 사는 생도 아니라, 어떤 의지에 추동되고 있다는 것은 같은 시의 세번째 연 "알 수가 없다/무덤만 있는 이곳에 멈춰 있는 이유/막막함을 구부려 몸 속으로 되밀어넣으며/싱싱했던 것들이 썩는 열기를/느끼고 있는 이유"를 보면 알 수 있다. 막막함을 구부려 몸 속으로 되밀어넣는 행위는 스스로를 무덤처럼 만드는 행위이다. 그것이 '나'의 일차적 의지이다. 그리고 '나'는 "싱싱했던 것들이 썩는 열기를" 느낀다. '나'의 의지뿐만 아니라 대상들의 의지도 '나'는 느낀다. 싱싱했던 것들이 썩을 때는 어떤 '열기'가 있다. 시 속의 모든 존재태들에게 죽음의 진행은 동시에 생의 작업이다.

이 죽음으로서의 생의 작업이 곧 시집이 아닐까? 우리는 이제 시집의 처음으로 되돌아간다. 이 시집의 서시는 특이하게도 맨 마지막에 위치해 있다. 도돌이표의 기능을 가지고. 그럼으로써 이 시집을 영원히 멈추지 않을 순환 열차로 만든다.

처음으로 되돌아가면서 독자는 빈 손으로 가지는 않는다. 그의 담낭에는 서시에서 채집한 몇 가지 표본이 들어 있다. 그 하나는 시집 속의 온 세상이 무덤이라는 것이고, 그 둘은 "찢긴 하늘처럼 펄럭이"는 새들의 낯선 출현이며, 그 셋은 "막막함을 구부려 몸 속으로 되밀어넣"는 모양으로 묘사되어 있는 무덤 형상의 발생태, 혹은 제작 공정이다. 시집 속의 온 세상이 무덤이라는 것은 '나'와 '나를 살게 하는 것들'이 두루, 시집 속의 온 존재태가 무덤이기 때문이다. 그외의 다른 가능성을 "새들은 곳곳에서 찢긴 하늘처럼 펄럭이고"의 행이 완벽히 차단한다. 그 시행은 역설적으로 하늘이 곧 무덤의 봉분과 같음을 가리킨다. 하늘 아래는 무덤 속이며, 새들을 제외하고는 아무도 무덤 밖으로 나가지 못한다. 과연, 시집 전체를 통해, 묘사되는 대상들은 두루 무덤의 형상을 하고 있다. "수백 년 묵은 숲"(11)이나, "침묵으로/돌출"한 "돌멩이"(17), "길은 권태를 견디지 못해 구부러진다"(19)에서의 구부러진 길, "목 힘이 꺾인" "풀들"(22)이나 "등이 휘"는 "수초들"(29), "뼈가 굽은 풀들"(38), 또는 "오래 멈춘 곳에서 그의 몸은 땅속으로 더 깊이 들었다"(31)의 '그의 몸,' 혹은 "미아리고개"(33), "어둠이 굳는다"(45)의 '굳는 어둠,' "할머니의 단맛들은 무의식적으로 굳어 있다"(46)에서의 굳은 단맛, "보이지 않는 곳에다 비밀을 묻는/수없이 많은 물방울들"(69)에서의 묻힌 물방울들, "산은 길을 겹겹이 가로막고/꽃을 피워 능선을 지우고/둘러봐도 산"(72)의 길을 겹겹이 가로막는 산, "지친 우리를 무섭게 가두는 천 근의/눈두덩"(77)······ 이 다양하고 산재적인 물상들은 자세히 들여다보면 모두 묻힘과 부동(不動)과 굳음, 무기력과 적막, 그리고 부패를 안고 둥그렇게 뭉쳐버린 무덤의 은유들이다. 심지어 바다에서마저도 화자가 보는 것은 푸른 수평선이 아니라 모래이다: "바다는 뭍에 모래로 온다/삶의 시작이 마치 모래 속인 것처럼"(18). 모래는 당연히 마지막 시에서의 '모래 구릉'을 생각키우며, 따라서 곧바로 무덤에 대한 상념의 사슬로 독자를 묶는다. 이처럼 은유적으로 무덤은 편재하기도 하지만 때로 무덤은 환유적으로도 물상들을 지배한다. "때에 절은 지구의 같은 가방을 베고 벤치에 누워/그 여자는 잠들어 있었다"(30)의 때에 절은 불룩한 가방, "햇빛 쪽으로 굽은 아버지 어깨 위로 붉은/산등성이 슬쩍 비치기도 했다"(71)에서의 산등성이가 그런 예들이다. 또한, 바깥 사물들만이 무덤 꼴을 이루고 있는 것이 아니라, 나 자신도 무덤과 다를 바 없다. "흙빛으로 캄캄해지는 내 몸"(14), "바람은 커다란 독처럼 나를 묻는다"(26), "고여 있는 나"(60), "어두운 석실(石室)에 갇힌 듯 암담한 나의/희망"(66) 등에서 보이는 바와 같다. 이 예들은 한데 모여 마지막 시에서 암시받은 대로 '나'와 대상들이 두루 무덤임을 확인시켜준다.

여기에서 독자는 두 가지 질문을 만난다. 왜 무덤 형상인가? 도대체 무덤은 어떻게 만들어졌는가? 라는 무덤의 발생적 까닭에 대한 질문이 첫번째 문제이다. 그런데, 이 문제는 또 다른 질문에 대한 대답을 먼저 구하지 못하면 풀리지 않는다. 그것은 무엇이 최초의 무덤이었을까? 라는 무덤의 시원에 관한 질문이다. 즉, 나와 온 세상이 두루 무덤이라면, 내가 온 세상을 닮게 된 것일까? 아니면, 거꾸로일까?

무덤을 맴도는 것은 '나'이니까, 또한, "내 앞에는 수백 년 묵은 숲이 있어요"(11)로 시작하는 첫 시에 기대어 세상이 먼저 무덤이라는 추측을 할 수도 있을 것이다. 하나의 시나리오가 작성될 수도 있다. 나는 수백 년 묵은 무덤을 맴돌다 무덤의 비밀을 풀지 못한 채로 죽는다. 즉 스스로 무덤이 된다. 그러나, 이 각본은 맥을 잘못 짚은 것이다. 그게 아니라 거꾸로다.

　　나와 눈이 닿은 것들은 몸이 무거워 (13)

라고 화자는 말하고 있지 않은가? 또한, 새들의 존재를 생각해보라. 찢긴 하늘처럼 펄럭이는 새들이 있다. 그것은 온 세상이 무덤이라는 독자의 진단서를 찢어버린다. 세상에는 무덤 아닌 것들도 있다. 아니, 세상은 본래 무덤이 아니다. 그것이 무덤처럼 형체를 갖는 것은 '나'와 눈이 닿을 때이다. 세상을 무덤이게끔 하는 것은 바로 '나'이며, '나'를 포함한 내 눈에 닿은 온 세상이 무덤의 형체를 갖는다면, 최초의 무덤 형상의 원본은 바로 '나'이다. 그것은 "늘 내 몸에서 시작된다"(51). 그렇게 시작해서 나의 시선은 "접근하면 변질"(36)시킨다, 모든 물상들을, 어두컴컴한 무덤으로. 또한 그러니, "세상에서 제일 무거운 것은 나"(15)다. 그 시구에서 '제일'은 단순히 강도만을 내포하고 있지 않다. 그것은 시간적 선행성도 포함하고 있는 것으로 읽힌다. 가령, '원조'가 붙은 음식점 간판이 곧 가장 맛있는 요리를 만들 수 있다는 암시를 주는 것과 같다.
　무덤의 시원은 '나'에게 있다. 그렇다면, 일차적 물음은 이렇게 바뀌어질 수 있다. 왜 '나'는 무덤인가? 혹은 적어도 왜 '나'는 무덤처럼 사는가? 이제 독자는 첫 시로부터 그 해답을 들을 수 있다.

> 숲으로 들기가 무서워 나는 정신을 놓고
> 숲 가장자리를 서성거려요 이 순간 하늘이
> 홍해처럼 닫혀지고 낮달이 몸 속에 붉은 氣를
> 품고 있는 것이 보이는군요 숲으로 들지 않고
> 나는 한 가지 깨달음에 떨어요 숲의 물은
> 옹이가 지느라 몸살을 해요 돌들은
> 출구를 닫느라 딱딱하지요 (11)

　인용된 시구를 지배하는 심상은 '거부'당한 자의 그
것이다. 나는 숲속으로 들고 싶다. 그런데 나는 숲에 들
기가 무섭다. 왜 무서운지는 나중에 말하기로 하자. 어
쨌든 이때까지 숲은 아직 무덤이 아니다. 그러나, 내가
저어하며 숲의 가장자리를 서성거릴 때, 그 순간 숲은
돌연 무덤 형상을 한다. 하늘이 홍해처럼 닫혀지고 낮달
이 붉은 기를 품는다. 숲의 물은 옹이가 지고 돌들마저
출구를 닫는다. 숲으로 들어가는 길은, 아니, 차라리 무
덤 안으로 들어가는 길은 폐쇄된다. 나는 숲으로부터 접
근을 거부당하고, 그때 거부하는 숲은 무덤 형상을 갖는
다.
　실로, 이 거부당함은 시집의 가장 심층적인 주제라
할 수 있다. 예들을 늘어놓아보자.

　① 커다란 바위들은 땅속에다 천년이 한결같은 천기를 묻
어두었는지 흙에 코를 박고 일어설 줄 모르고 〔……〕 삶으로

나를 이끌 좁은 길들은 밝은 꽃들 때문에 보이지 않았습니
다"(14)

　② 풀들 목 힘이 꺾인다 여자가 쓰러진다 남의 삶 같은
　　풀꽃들 눈이 붉거져 있다 (22)

　③ 환상 속에서도 그는 **사랑받지 못했고** 스스로도 자신을
용서하지 않았습니다 (24)

　④ 상처 있는 것들은 쉽게 **몸을 열지** 않고 (29)

　⑤ 말해다오, 낡은 의문처럼 **체류하는** 이 산을 (39)

　⑥ 그러나 이곳에서도 **무한정 유보되는** 우리는
　　이 산 어디에 섞여 있어야 할까 (41)

　⑦ 푸른 창공 아래
　　폐문처럼 삐걱거리는 꽃송이들과
　　우리가 **차단되며**
　　천천히 가려지고 있는 우리의 내부에서 (54)

　⑧ 산은 길을 겹겹이 **가로막고**
　　꽃을 피워 능선을 지우고
　　둘러봐도 산 (72) (강조는 따온 이가 함)

위　시구들의 강조된 부분은 모두 만남 혹은 접근에

대한 거부의 다양한 양상을 보이고 있다. 만남의 부재는 삶의 뜻을 부재케 한다. 이 '거부됨'을 흔한 사회학적 용어로 '소외'라고 말할 수는 없다. 왜냐하면, 거부됨의 원인과 거부의 양태가 특이한 꼴을 보여주고 있기 때문이다. 물론 화자는 "나는 아직 그 속에 들지도 못했어요"(11)라고 말한다. '나'는 저 '우리,' 불현듯 나의 힘을 배가시켜주고 삶의 뜻을 나누게 해주는 공동체의 울타리로부터 소외된 자인 것처럼 보인다. 그러나, 위에서 산만하게 인용한 시구들을 가만히 읽어보라. 그것들에서 두루 느낄 수 있는 것은 거부당한 자의 설움이라기보다는 거부하는 존재의 어떤 완강한 침묵 같은 것이다. 바위들은 '나'로 하여금 길을 못 찾도록 횡포를 부리는 것이 아니다(①). 그는 다만 흙에 코를 박고 일어설 줄 모를 뿐이다. 그 행태가 나의 길찾기를 방해할 의도까지 포함하고 있는지는 분명치 않다. '나'의 길찾기는 그저 "남의 삶"(②) 같은 것일 뿐일 수도 있다. "길을 겹겹이 가로막는" "산"(⑧)도 마찬가지다. 그 행까지는 마치 '나'에 대한 거부로 읽히지만, 그 다음 행은 오히려 숨김으로 읽게 만든다. 게다가 나를 거부하는 것들은 상처가 있으며(④), "폐문처럼 삐걱"(⑦)거린다. 그러니, 이 '거부'에는 힘있는 자들이 버림받은 자들에게 행하는 폭력적인 밀쳐냄이 없다. 거기에는 『당신들의 천국』(이청준)에서의 소록도 주민들이 보여주었던 것과 같은 무관심·외면·감춤·침묵의, 기괴한 기운이 후끈거리고 있을 따름이다.

  그러니까, 세상이라는 무덤은 무엇보다도 파묻힌 사

건, 은폐된 비밀이다. 그 무덤으로부터 거부 반응이 나온다면, 그 안에 활동하는 존재들이 있기 때문이다. 첫 시에서 보았던 "몸살"이 돋고 "출구를 닫느라 딱딱"해지는, 상처입은 누군가들이. 독자는 그가 품었던 세 가지 의문에 대한 대답의 단서를 다시 얻는다. 그 하나의 의문은 다음과 같다. 독자는 온 세상이 무덤이라고 읽었다. 화자인 '나'도 무덤이라고 읽었다. 그런데, '나'라는 무덤은 온 세상이라는 무덤으로부터 거부당한다. 그렇다면, '무덤으로부터 배제된 삶이 곧 무덤이다'라는 역설적 명제가 성립된다. 도대체 이게 무슨 뜻인가? 그 둘의 의문은 다음과 같다. '나'는 스스로를 무덤처럼 막막하고 황량한 존재로 인식한다. 그럼에도 불구하고 그는 무덤이 되어 파묻히기를 바란다. 나는 "스무 길의, 흙을, 잘 구운 기와처럼, 내게 얹어다오"(21)라고 외치는가 하면, "육탈하는 삶처럼//나 살고 싶어"(13)라고 독백한다. 이 호소, 이 독백은 아주 이상하다. 무덤 속으로 들어가고자 하는 바람이, 일종의 죽음 충동이, 표현되어 있기 때문이다. 도대체 무덤이 되고자 하는 마음이란 무엇인가? 그 셋의 의문은 다음과 같다. 화자는 돌발적으로 "나는 뿌리 때문에 이곳에 있다"(16)라고 말한다. 도대체 갑자기 웬 뿌리인가? 그 뿌리는 무슨 뿌리를 말하는 것일까?

이 세 질문은 긴밀히 연결되어 있어서 순차적으로 풀이될 수 있다. 우선, 마지막 질문에 대한 해답은 이 뿌리는 파묻힌 사건 혹은 은폐된 비밀을 표지한다. 은폐된 비밀은 현실태로서는 일종의 존재 결여이다. 즉, 그것은 어떠한 의미도 가지지 않는다. 그것이 의미를 가지려면, 그것이 '은폐된 비밀'이라는 말을 누군가가 해야 한다. 그 말을 하는 이가 바로 시집의 화자이다. 화자가 말을 하는 순간, 세상은 갑자기 파묻혀버린 무덤으로 바뀌어 나타난다. 무덤 형상의 원본은 바로 '나'라는 진술의 바른 뜻이 여기에 있다. 그런데 화자는, 즉 '나'는 그것이 은폐된 비밀이라는 것은 알지만, 그 비밀의 내용이 무엇인지는 전혀 모른다. 그는 그 비밀에의 접근을 거부당한다. 아니, 화자가 그렇게 느끼는 것이다. 그가 눈을 그곳에 던지면, 그곳은 거대한 의문 덩어리가 된다. 바로 그 의문 덩어리가 무덤이고, 동시에 그 의문에 대한 어떠한 해답도 얻지 못하는 '나'가 또한 무덤이다. 마지막 시 혹은 서시에서 화자는 무덤 형상을 '막막함'이라고 정의했었다. 그 '막막함'은 삶에 대한 전망 상실이 아니다. 그것은 삶의 존재 이유, 삶의 근원에 대한 물음이 해답을 얻지 못한다는 것을 뜻한다. 다시 말해, 뿌리를 알지 못하는 데서 오는 막막함이다. 그는 "뿌리로 내리는 눈〔目〕처럼 인골을 차며 가는 사막의 낙타처럼 나 살고 싶어 흔들거리는 바위 같은 덧나는 상처 같은 순간도 살고 싶어"(13)하지만 "내 마음은 내가 모르는 곳에서 굽이를 돌고 있"(23)는 것이다. 화자는 세상에 대한 사전 지식을 전혀 가지고 있지 못한 채로 우연히 이 세상에 표착한 이방인이다.

조은의 시가 독해하기가 어렵다면, 그것은 바로 이 막막함으로부터 나온다. 대개의 시는 넓은 의미에서 알레고리이다. 모든 묘사와 비유는 어떤 감추어진 실재를 암시한다. 그런데, 조은 시의 자연 묘사와 비유는 어떤 지시 대상을 감추고 있는지 불분명하다. 그것은 화자가 그것들의 실재를 알지 못하기 때문이다. 당연히 그는 무엇을 암시 혹은 환기할 수 없다. 또한 당연히 화자 자신도 자신의 방황의 이유를 말할 수가 없다. 까닭을 모르는 방황, 그것은 바람 부는 대로 흘러가는 무념 무상의 유랑도 아니고, 목표된 무엇을 획득하고자 하는 탐험도 아니다. 그 방황 속에서 모든 의미는 날아가버리고 방황의 목적도 부재당한다. 그를 떨게 하는 "한 가지 깨달음"(11)이 있긴 있다면, 그것은 방황 그 자체의 까닭은 운명적으로 알 수가 없다는 깨달음이다. 그것은 독자를 당황하게 만든다. 모든 독서는 진리 탐구이다. 깨달음을 얻기 위하여, 정신적 고양을 위하여, 사람들은 책을 읽는다. 그러나, 이 책에서는 그런 깨달음과 성숙이 없다. 화자와 마찬가지로 독자도 그 자신이 이 시집 속으로 여행하는 목적을 알 수가 없다. 그는 다만, 시를 읽는 까닭을 자신에 대해 거듭 질문을 해야만 하는 운명에 처한다. 이 재귀적인, 부메랑적인 독서, 독서의 이유를 캐묻게 하는 독서는 본래 독해를 성립할 수 없게 한다. 글읽기란 무엇인가의 질문만으로 이루어진 글읽기는 순환적이고 자폐적인 소용돌이다.

그러나, 이것은 근원성으로의 귀환에 값하는 것이다. 이것은 삶에 대한 해답을 얻기 위한 글쓰기/글읽기가 아니다. 그것은 글쓰기/글읽기란 삶의 뜻을 구하고자 하는 편력이라는 통념을 그대로 받아들이지 못하도록 한다. 그것은 글쓰기/글읽기의 시원으로, 다시 말해, 그 뿌리로 향한다. 글쓰기/글읽기의 뜻을 아예 무로 돌리고, 처음부터 다시 구하고자 하는 것이다. 오늘날 문학이 처한 죽음의 위기에 대한 가장 정직한 대응 중의 하나임을 알 만한 사람은 알리라. 근본성으로의 회귀야말로 오늘날 문학의 지상 명령인 것이다. 그리고 그 근본성은 애초에 문학에게 '하사'되었던 그의 덕성으로의 회귀가 아니다. 그것은 근본성의 내용을 완전히 비우는 것이다.

근본성의 형식에 새로운 내용을 채우는 일은 다 훗날의 일이다. 우선은 근본성으로의 회귀를 살아내는 방식부터 세워야 한다. 그렇지 않으면, 모든 회귀는 이미 곳곳에 매복된 내용들의 함정에 빠질 것이다. 여기에서 두 번째 물음, 왜 스스로 무덤이기를 의지하는가에 대한 대답을 독자는 듣는다. '나'의 무덤 됨은 수동태가 아니다. 그것은 자동태이다. 왜 그러한가? 그럴 수밖에 없는가? 자신의 회귀가 이미 주어진 어떤 뜻으로의 회귀가 아니도록 하기 위해서이다. 그러려면, 그 회귀는 죽음의 형식을 빌릴 수밖에 없다. 그러나, 화자는 어떻게 미리 그러한 결단을 내릴 작정을 하게 됐을까? 모든 실존적 결단은 그 결단에 대한 필연적인 이유를 수반하고 있어야 한다. 결단이란 세상에 가하는 일격, 세상에 대한 공성의 시작이다. 까닭이 없으면, 이른바 명분이 없으면, 그것을 할 수가 없다. 여기에서 독자는 저 앞에 남겨두었던 질문을 다시 상기한다. 화자는 '숲으로 들기가 무섭다'고 말했었다. 아직 숲은 무덤이 아니다. 그런데도 화자라는 아해는 무섭다고 그런다. 단순히 알 수 없는 것에 대한 두려움을 그것은 말하는 것일까? 하지만, 무섭기는 화자보다 숲의 물상들이 더하다. "숲의 물은/옹이가 지느라 몸살을" 하고 "돌들은/출구를 닫느라 딱딱" 해지는 참이다. 무서움은 두 주체에게 반비례하는 법이라서 상대방의 두려움은 화자의 정복욕을 부추길 수도 있을 것이다. 그런데도 왜 무서운가?

독자는 마지막 시, 즉 자신에 의해서 '서시'로 파악된 것에서 채집한 표본 하나를 다시 꺼낸다. 새들의 낯선 출현이 그것이다. 그것은 화자가 무덤의 경험과는 다른 경험을 해본 적이 있음을, 혹은 적어도 알고 있음을 가리킨다. "찢긴 하늘처럼 펄럭"이는 새들, 다시 말해 하늘의 울타리, 저 너머로, 즉 무덤의 세상으로부터 달아나는 행위들이 이 세상에 이미 있는 것이다. 그 행위들은 뿌리로 돌아가는 회귀의 몸짓과 정면으로 배치되는 탈출의 몸짓이다. 그것을 화자는 정확히 "강은 오로지 하류에 애착하고"(58)라고 진술한다. 하류로 향한 강의 흐름, 새들의 날갯짓, "너풀거리는 꽃잎들"(68)은 뿌리로의 회귀와 정반대로 탈출을 시도하는 몸짓들을 표상한다. 그런데, '애착'이라는 어사가 그대로 지시하듯이, 그 경험은 부정적 경험이다. 왜? 그것은 "높은 나뭇가지에서 홀로 자유로울 지금은 젖은 새를"(39)에서처럼 홀로 자유로우려는 것이며, 따라서 "응달을 숨기고 희희낙락하는"(40) 일이다. 게다가 그 모든 탈출의 시도는 시인에게 일회성의 소모적 시도로 비친다. 그런 시도가 있을 때 "세상은 잠시 창창하고 현란"(61)할 뿐이고, "꽃은 일찍 썩는다"(44). 그 시도는 "습관적으로 태양을 띄

우는 하늘"(36)처럼 습관적인 것어서,

> 한번 꽃핀 나무들은 덧난 상처처럼
> (아, 숲의 한계여)
> 함께 꽃필 씨앗들을 그 강가에다 떨어뜨린다 (29)

에서처럼 오직 "숲의 한계"에 직면케 할 뿐이다. 아니,
그 이상이다. 그것은 상처를 계속 덧나게 한다. "이곳에
서 눈을 뜬 것들은 저부터 다친다/실족(失足)처럼"(20),
혹은

> 높고 낮은 곳에서 몸이 닿아 있는 것들이
> 몸으로 다투는 소리가 들렸다 숲의
> 흔들리는 가지마다 새들의 발자국이 어지럽고 숲의
> 험준한 말들이 내게 화두로 날아왔다
> 神처럼 숲도 반성 없이 사는가 (16)

에서 보이듯, 숲 자체의 소란과 파괴를 유발한다. 반성
을 하는 자는, 다시 말해 되돌아보는 이는 이 습관적인
자해가 끔찍스럽다. 숲에 들기를 무서워하는 시인의 마
음은 바로 이러한 상처에 대한 경험 혹은 예감 때문이
다.
　화자, 즉 시쓰기의 주체가 스스로 무덤이기를 의지하
는 것은 바로 이러한 사정에 의해서이다. 그는 "그런 내
삶이 섞여 함께 번들거리는 숲의/새는 지금 날개가 자
유"(39)롭지 못하다는 것을 알고 있다. 그러니, 그는 새

떼들에게로 망명하지 않는다. 그러지 않고,

> 온갖 뿌리들 때문에 우리는 꿈꾸고
> 썩고 기름지고 서럽고 황폐하고 어둠과 마찰하는
> 당신은 반짝인다 (52)

에서 나타나 있듯, 반짝이는 대신 꿈꾸기를 택한다. 그는 "물길을 거스르며"(38) 올라가, "아직도 씨앗들을 쥐고 있는 풀들/한결같이 손을 펴지 않으리"(49)에서처럼 모든 현실의 환영들로부터 등을 돌려 제 안으로 침묵한다.

그러나 여기에는 치명적인 착각이 숨어 있다. 스스로 무덤이기를 의지한다고 해서, 그 무덤이 완전한 죽음, 완벽한 무일 수 있을까? 그것은 "사람들이 몇 줄 글로 남겨놓은/비문을 찾아 읽거나/몸을 잿더미처럼 뒤지"(80~81)는 그의 의지에도 어긋나며, 무덤들의 실상과도 무관하다. 이제 독자는 '서시'에서 채집한 마지막 표본을 꺼낸다. 무덤 형상의 발생태, 혹은 제작 공정이 그것이다. 그것을 마지막 시, 혹은 '서시'는

> 막막함을 구부려 몸 속으로 되밀어넣으며 (80)

라고 묘사하고 있다. 그런데, 그것은 "싱싱했던 것들이 썩는 열기를/느끼"게 한다. 무덤 속에는 열기가 불가피하게 있는 것이다. 그리고 썩음은 "화근"(32)이다. 다시 말해, 무언가를 망치려는 기운이다. 과연, 꽃들은 "마치

나를 속단하듯 화려한 빛으로 피고 있"(14)기만 하지 않으며, 새떼들은 무덤 밖에서 찢긴 하늘처럼 펄럭이기만 하지 않는다.

풀꽃들 눈이 불거져 있다 (22)

에서처럼 풀과 꽃은 뗄래야 뗄 수 없는 것들이다. 물론 풀들은 "풀들 목 힘이 꺾인다"에서 보여졌듯 무덤의 꼴로 변해버린 것들이다. 그러나, 풀은 "풀꽃들"이다. 그것들은 눈이 불거져 있다. 다시 말해, 무덤 속에서도 상처는 덧난다. 뿌리로 되돌아간다고 해서 상처 덧내기의 우매함이 어찌 사라지겠는가? 실로 우매함은 "뿌리 있는 것들의 우매함"(25)이다. 뿌리 없는 것들은 애초에 우매할 필요도 없다.

뿌리가 잡고 있는 나뭇가지에서는 믿어지지 않게도 꽃이 피고 새들은 그곳에다 집을 짓는다. (15)

믿어지지 않지만, 바로 이것이 무덤의 실상인 것이다. 그러니, 뿌리로의 회귀는 필연적으로 뿌리의 훼손, 뿌리의 왜곡을 겪는다.

그 강가에서 나무들 몸이 뒤틀린다
그 강가에서 나무들 뒤틀린 몸이 뿌리를 뒤튼다 (29)

어디에도 "평생을 축축한 어버이의 눈이 형벌되지 않

는 곳, 한바탕 울부짖고 나면 반드시 평화가 온몸을 쉬게 하는 곳, 빗물이 따뜻한 곳"(73)은 없다. 화자는 비로소 뿌리의 실상과 만난다. "나무들이 내디딘 땅을 뿌리째 헤집고 있"(72)는 그 실상. 결국, 근본성으로의 회귀는 근본성의 내용의 완전한 비움이 되지 못한다. 그곳에도 추악한 사건이 날마다 벌어지고 있다. 돌아갈 곳은 없다. 뿌리는 있지만, 뿌리는 이미 온통 헤집음을 당한 상태. 독자는 뿌리에서 뿌리의 분노가 치솟아오르는 걸 본다.

〔……〕 뒤틀린 나무의 뿌리가
땅 위로 불끈 솟구친다
물은 순리인 듯 바닥을 기다 사나워진다 (20)

권리인 듯 분노인 듯 웃자라는 풀들 (38)

그러니, 엘뤼아르 시의 그 비감한 어조로 "어쩌란 말인가?" 시의 부메랑은 자신을 던진 그곳에서 자신을 잡아줄 손을 발견하지 못한다. 그는 그곳에 안착하지 못하고 맴돌기만 할 뿐이다. 그가 할 수 있는 일이 있다면, 뿌리의 분노와 상처에 참여하는 일 뿐일 것이다. 다시 말해, 회귀의 몸짓 속에 탈출의 표정을 새겨넣는 일만이 남을 것이다. "절망스러울 때마다 가지를 하나씩 뻗는"(68) 것은 거의 불수의적이다. 하지만, 그것은 마음의 완강한 고집을 불가피하게 꺾는 것이 아닐 수 없다. 뿌리로 회귀하는 길은 결국 자기 뿌리를 잘게 부숴버리게 되는 길이 되기 때문이다.

　　내 그림자는 더욱 잘게 부서지고
　　어린 소나무 끝뿌리에 힘겹게 가 닿는다 (76)

　이제 독자는 나머지 하나의 질문에 대한 해답을 얻는
다. '무덤으로부터 배제된 삶이 곧 무덤이다'라는 역설
적 명제의 뜻은 무엇인가 하는 질문 말이다. 일차적으로
그것은 무덤에 대한 꿈을 뜻한다. 부재의 형식으로 현존
을 그리는 것, 그것이 무덤 밖의 무덤의 형상이다. 그리
고, 그 다음, 즉 여기 이 자리에 와서, 그것은 무덤 됨
은 곧 무덤의 붕괴를 동반한다는 것을 뜻한다. 무덤 될
때 무덤은 파헤쳐져 그 흉한 꼴을 바깥에 내보이며 후끈
거린다. 아니, 그 거꾸로의 모습으로 무덤 속에 있는 것
들은 무덤 밖으로 제 모습을 자라나게 한다.

　　그가 있는 곳으로 몰려드는 온갖 뿌리들이 조금씩 그를 웅
　덩이 밖으로 들어올리는지 그의 희끗한 머리가 어둠 속으로
　섬돌처럼 떠올랐다 (31)

　그러니, 죽음은 그 자체로서 생의 꿈이다. 죽음 끝까
지 다다를 때 비로소 생을 만난다. "모래들이 얼마나 서
로 긴밀했기에/저토록 맑은 물이"(33) 있었는지, "비가
오면 모래들은 한덩어리가 됩니다 모서리를 지우며 등
을 포개며 가슴을 밀착시키며 말입니다"(47)라고 화자는
전한다. 그 등을 포갠 것들이 "암흑으로 똘똘 뭉친 작은

새떼"(79)가 되어, 아주 색다른 비상을 꿈꾼다.

더 이상 가지와 뿌리는 구별되지 않는다. 꿈과 현실은, 무덤과 새떼들은 분별되지 않는다. 죽음과 생의 포개짐, 무덤을 맴도는 궁극적인 이유가 여기에 있다. 그러나, 그것이 어떻게 가능하겠는가? 독자는 이미 새떼들의 펄럭임, 꽃들의 화려함이 한갓 도로에 그침을 알고 있다. 그 도로에 직면하지 않는 뿌리의 탈출 사업은 있을 수 있는가? "물은 언덕 아래로 흙 속으로 혹은/제 몸속으로 신성하고 아늑한 통로를 열고/우뚝 솟는 이 산의 하루는 망망하고"(38)나, "그러나지금우리앞에닫힌길이우리를막아선다이길어디선가들리는낮은물소리가자꾸우리를멈추게한다"(62)는 것은 대답이 되지 못한다. 죽음 이후에도 죽음의 생이 있다는 것, 죽음의 생은 선택이 아니라 하나의 숙명이라는 것을 거듭 환기할 뿐이다. 때로, 그 시도는

> 거품을 물고 풀들이 뿌리에서 치솟아오른다
> 축축한 풀의 꽃이 태양을 향해
> 吸盤처럼 자란다 (34)

는 그로테스크한 이미지로 표상되기도 한다. 태양이 풀을 바짝 태우는 게 아니라, 풀의 꽃이 태양의 열기를 빨아먹는다. 그러나, 이 전도된 이미지도 탈출 사업의 한 형식일 뿐이다. 궁극적인 대답은 어디에도 없다.

그러나, 여기까지 '우리'는, 다시 말해, 시쓰기의 주체와 시읽기의 주체는, 얼마나 고단한 길을 함께 걸어온

것인가. 무덤을 맴돈 그 도정은 얼마나 긴 여정이었던 가? 그 끝나지 않는 여정의 어느 지점에서 두 주체는 한 가지 깨달음을 그래도 얻었음을 안다. 근본성으로의 회 귀는 근본성의 회복도, 근본성의 비움도 아니라는 것, 근본성으로의 회귀는 근본성의 붕괴라는 것, 아니 차라 리, 근본성으로의 회귀는 붕괴의 근본성을 세우는 것이 라는 것 말이다. 바로 그것이 모든 원칙과 태도가 무너 져버린 죽음 이후의 생인 것이다. 이 아름다이 고단한 동작,

> 제 그림자를 채우는 풀들의
> 가파른 숨소리가 태양을 밀고 간다 (64)

을 되풀이하는 것, 그것이 죽음 너머의 생인 것이다. 그 리고…… 그 다음 이야기는 다 먼 훗날의 이야기이다.